GW00731520

Lumea este un loc foarte interesant, extrem de palpitant, plin de aventuri și de lucruri noi de explorat. Iar de când a aterizat aici, adică de când s-a născut în această lume, Jup nu lasă să treacă nicio zi fără să exploreze un loc nou sau să mai facă vreun lucru deosebit.

Jup este un pisoiaș de numai câteva luni. Are o blăniță albă și moale cu o grămadă de pete negre de toate mărimile, de zici că a căzut într-o baltă de noroi la naștere. Arată exact așa cum îl alintă stăpâna sa – ca un pisoi dalmațian. Și asta pentru că mămica lui, Lilia, este o pisică albă și pufoasă, iar tatăl său, motanul Mur, este un pisoi negru și lucios.

ALEC BLENCHE
Jup, un pisoi de soi
vol. 1 – *Jboară, Costică, jboară!*

Descrierea CIP a Bibliotecii Naționale a României
Jup, un pisoi de soi / Alec Blenche ; il. de Doina Zavadschi
și Ion Andrei Puican. - București : Univers, 2018-
vol.
ISBN 978-973-34-1053-9
Vol. 1 : Jboară, Costică, jboară!. - 2018. - ISBN 978-973-34-1054-6

I. Zavadschi, Doina (il.)
II. Puican, Ion Andrei (il.)

087.5

Colecția UNICORN UNIVERS
Colecție coordonată de Ioana Chicet-Macoveiciuc
Redactare Ioana Chicet-Macoveiciuc, Diana Crupenschi
Tehnoredactare Constantin Niță
Corectură Irinel Antoniu

Tipărită în România de G .Canale & C

ISBN serie 978-973-34-1053-9
ISBN volumul I: *Jboară, Costică, jboară!* – 978-973-34-1054-6

EDITURA UNIVERS

Alec Blenche

Jup, un pisoi de soi

Volumul I

Jboară, Costică, jboară!

Ilustrații de
DOINA ZAVADSCHI și ION ANDREI PUICAN

pe dulapul cu haine

Jup nu are frățiori și surioare cum au alți pisoi de seama lui, așa că, în lipsă de parteneri de joacă, își umple timpul cu ceea ce el numește „exploratul". Când mămica lui îl întreabă ce are de gând să facă astăzi, el îi răspunde foarte serios: „Mă ocup cu exploratul". Iar „exploratul" include, de obicei, câte o trăznaie.

Partenerul său de explorare este nimeni altul decât Jack, dulăul care locuiește alături, în curtea vecinilor. Jack este un bătrân câine de vânătoare, mare și molcom, dar care nu și-a pierdut încă spiritul de aventură. De multe ori mai uită

în cutiile de carton din garaj

și în vaza cu flori

zZZ

lucruri sau nu aude prea bine, însă îl îndrăgește foarte tare pe micuțul Jup și îi face pe plac de fiecare dată.

Ca oricărui pisoi de soi, lui Jup îi place mult să doarmă. Așa că îl găsești dormind peste tot. Pe dulapul cu haine, pe masa de călcat rufe, în cutiile de carton din garaj, pe mașina de spălat și chiar și în vaza cu flori. Oriunde s-ar afla când doarme, trebuie să fie cocoțat, niciodată n-o să-l vezi dormind pe jos.

Într-unul dintre aceste momente de tolăneală, a visat că putea să zboare. Așa că a început în somn să dea puternic din lăbuțe până când a aterizat de pe dulap pe podea direct în năsuc. E adevărat ce se spune, că pisicile cad mereu în picioare, dar nu și atunci când visează că au aripi și zboară. Nu s-a lovit prea tare, însă și-a promis că își va îndeplini visul de a zbura.

Iar astăzi este o zi perfectă pentru zbor. Afară e soare, nu bate vântul și el tocmai s-a trezit dintr-un somn pe cinste.

Jup se întinse și adulmecă încântat cu năsucul său pufos aerul curat care intra pe fereastră.

– Este o zi perfectă pentru jbor!

Oh, am uitat să vă spun că, la fel ca orice pisoi de soi de câteva luni, Jup nu știa să vorbească foarte bine și mai stâlcea unele cuvinte.

Bucuros că era o zi frumoasă, pisoiul se lăsă pe lăbuțele din spate pentru a prinde elan și zburdă cu încredere în grădină.

Acolo făcu o mică curbă pe iarbă, apoi se strecură printr-o gaură din gard și se opri chiar în fața lui Jack, care încă mai lenevea pe gazon.

–Jack, Jack, Jack, Jack, strigă Jup, țopăind în două lăbuțe în fața dulăului somnoros.

Jack deschise un singur ochi și îl urmări cu atenție pe Jup, care continua să țopăie în fața lui.

– Jack, Jack, continuă Jup entuziasmat, este o zi perfectă, perfectă.

– Perfectă pentru ce? răspunse dulăul întinzându-și labele din față ca să se dezmorțească.

–Păi, pentru jburat, bineînțeles.

– Pentru jburat? zise Jack ridicându-și capul nedumerit. Ce este ăla jburat? întrebă încă o dată dulăul.

– *Jburat, jburat,* spuse Jup dând repede din lăbuțe în sus și în jos, ca și cum ar fi avut aripi.

– Ahh, zburat, zise dulăul întinzându-se din nou. Păi, și cine jboară... adică zboară?

– Cum cine? Eu jbor și am nevoie de tine ca să mă înveți.

– Eu? Să te învăț eu? întrebă Jack, ridicându-și capul cu uimire. M-ai văzut tu pe mine vreodată zburând?

– Hmm, nu, răspunse Jup dezamăgit.

Jack îl privi lung. Nu-i plăcea să-l vadă trist pe prietenul lui și nici să-i curme entuziasmul molipsitor, așa că spuse în grabă:

– Însă știu pe cineva care ar putea să te învețe.

– Da? Pe cine, pe cine? întrebă fericit Jup, începând iar să sară pe lăbuțele din spate.

– Am eu niște prieteni porumbei în parc. Sunt sigur că unul dintre ei ar putea să te ajute.

– Păi, și cum ajung eu în pac? Nu am mai fost niciodată în pac.

– Hai, urcă sus, că te duc eu, se oferi Jack și se ridică în cele patru labe.

Era atât de mare pe lângă Jup, că pisoiașul abia se zărea pe lângă el. Dulăul își lăsă apoi coada stufoasă până la pământ și Jup se urcă pe ea repede, ca o maimuțică. Apoi se cățără până când ajunse pe ceafa dulăului.

Așa obișnuiau ei să se joace de-a căluțul de când Jup văzuse la televizor un film cu călăreți. Jup era călărețul viteaz, iar Jack, căluțul său de încredere.

Motănelul se agăță cu gheruțele de ceafa dulăului și strigă încrezător:

– Spre pac, călusule!

Jack zâmbi și o apucă agale în direcția indicată de bravul călăreț.

Parcul nu era prea departe, așa că Jack nu avea niciun motiv să se grăbească. Pe lângă asta, îi plăcea nespus să vadă privirile pe care trecătorii li le aruncau când îi vedeau împreună. Erau chiar o imagine deosebită. Un pisoi călare pe un dulău – rar îți era dat să vezi așa ceva!

În câteva minute ajunseseră pe aleea principală a parcului. Jack se uită cu atenție și zări undeva în fața lui un grup de porumbei care ciuguleau de zor de pe jos.

Se apropie de ei și spuse în șoaptă:

– Poco? Poco? Ești aici?

Porumbeii se opriră pentru o clipă nedumeriți, apoi continuară să ciugulească de pe jos.

– Poco, Poco, insistă Jack cu o voce un pic mai îndrăzneață, dar nu prea tare, ca să nu-i sperie. Off, porumbeii ăștia arată toți la fel, spuse apoi îmbufnat.

– Nu e niciun Poco aici, îi răspunse o porumbiță albă și mai cumsecade.

– Nu cunoaștem niciun Poco, mai spuse una, un pic deranjată.

– Dar cunoaștem un Roco, se auzi un porumbel mai rotofei. E acolo, pe statuie.

Jack se uită și îl recunoscu pe prietenul său. „Hmm, mereu am crezut că îl cheamă Poco. Știam eu că nu mă mai ajută urechile astea lungi", își spuse dulăul în sinea lui, privind spre statuie. Se apropie apoi de porumbelul cu pricina și spuse cu bucurie:

– Roco, prietene...

– Hei, Jack, ce te aduce pe aici?

– Uite, am venit să-ți cer ajutorul.

Jack știa că Roco nu îl putea refuza, orice i-ar fi cerut. Porumbelul îi era dator pentru că, într-o zi, Jack îl salvase din mâinile unor copii puși pe trăznăi care îl tot fugăreau.

– Fac orice pentru tine, prietene! spuse Roco.

– Orice? Ești sigur? întrebă Jack zâmbind larg.

– Orice!

– Bine. Atunci, ce-ar fi să îl înveți pe amicul meu Jup să zboare?

– Să zboare? O pisică? spuse porumbelul cu gura căscată. Asta ne-ar mai trebui, pisici zburătoare, și s-a zis cu noi...

– Eu sunt sigur că poți s-o faci, spuse Jack făcându-i discret cu ochiul.

– Ah, în cazul ăsta, sigur că ne descurcăm, răspunse Roco, înțelegând că era, de fapt, mai mult o joacă pentru a-l distra pe Jup.

– De fapt, continuă amuzat porumbelul, zburatul este chiar simplu.Tot ce îți trebuie este o pereche de aripi și mult entuziasm. Iar ție se pare că numai aripile îți lipsesc. Ia dă-te jos oleacă să mă uit un pic la tine, spuse Roco.

După ce Jup se dădu jos de pe dulău, porumbelul îl studie cu atenție și spuse:

– Păi, coadă ai, picioare ai, entuziasm ai, este clar: doar aripile îți lipsesc. Du-te printre copaci și caută două crengi înfrunzite. Leagă-le între ele, prinde-ți-le de spate și ești gata, pregătit de zbor.

Jup era extrem de încântat, așa că alergă degrabă să își construiască aripile. Găsi imediat două crenguțe înfrunzite și le legă între ele cu niscaiva ață de la niște baloane uitate prin parc. Apoi Jack îl ajută să și le fixeze pe spate. Era pregătit pentru primul său zbor.

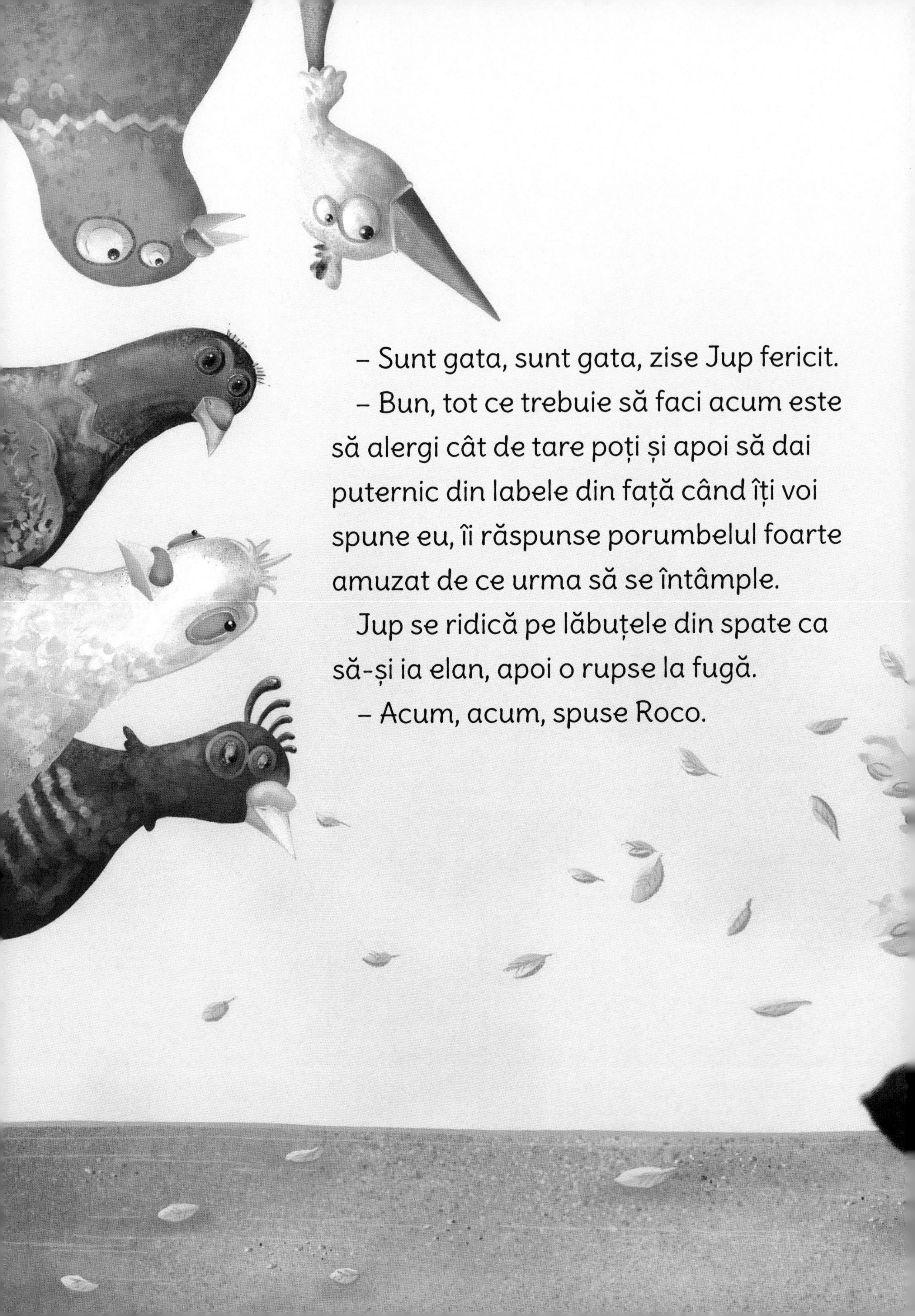

– Sunt gata, sunt gata, zise Jup fericit.

– Bun, tot ce trebuie să faci acum este să alergi cât de tare poți și apoi să dai puternic din labele din față când îți voi spune eu, îi răspunse porumbelul foarte amuzat de ce urma să se întâmple.

Jup se ridică pe lăbuțele din spate ca să-și ia elan, apoi o rupse la fugă.

– Acum, acum, spuse Roco.

Auzind îndemnul, Jup începu să dea cu putere din lăbuțele din față, însă în loc să zboare își pierdu echilibrul și ateriză direct în năsuc. Se ridică un pic dezamăgit, se scutură de praf și spuse:

– Nu merge așa, va trebui să mă cațăr undeva mai sus și să încerc de acolo, așa era în visul meu.

– Bine, spuse Jack un pic îngrijorat, dar să nu fie prea sus. Încearcă de la o distanță mai mică la început.

Jup se urcă încrezător pe o bancă din apropiere. Apoi sări și începu să dea rapid din lăbuțe. Și pentru o clipă avu impresia că zboară cu adevărat. Însă nu dură mult și se trezi iarăși aterizat direct în năsuc. Se ridică din nou, scuturându-se de praf și mișcând ușor din botic, să vadă dacă îl doare.

– Poate că ar trebui să dai și din coadă, croncăni o cioară care asistase amuzată la tot spectacolul, de pe o creangă din apropiere.

– Da, din coadă, din coadă! croncăniră alte două ciori de lângă ea.

Jup se urcă pe bancă și încercă din nou, de data asta dând și din coadă, însă cu același rezultat: căzând în năsuc, la fel ca mai înainte.

– Și încearcă să și cânți, spuse un pițigoi din apropiere, noi așa facem când zburăm.

Jup încercă și această variantă, dar nu reuși să-și ia zborul.

– Încearcă și cu ochii închiși, spuse o coțofană.

– Sau să îți ții respirația, interveni și o mierlă.

Jup le încercă pe toate, dar degeaba. Văzând că nu putea să zboare în niciun chip și că toate păsările glumeau pe seama lui, își scoase aripile și spuse sigur pe el:

– Hmm, se pare că sunt una dintre pisicile acelea care nu jboară.

Jack se uită la el cu uimire.

– Până la urmă, continuă pisoiul, nici păsările nu jboară toate. Știu asta de la cocoșul ăla grăsan din curtea vecinului din spatele casei noastre. Odată se tot chinuia să sară gardul și eu îi spuneam: „Jboară, Costică, jboară!“. Și într-o zi mi-a spus că nu toate păsările jboară, așa că de ce ar jbura toate pisicile? își încheie Jup pledoaria, urcându-se mulțumit pe spinarea dulăului care zâmbea pe sub mustăți.

– Spre casă, călusule, spuse pisoiul așezându-se confortabil pe spinarea lui Jack.

Se pare că până la urmă jburatul nu era de el, însă și mâine era încă o zi numai bună de explorat.

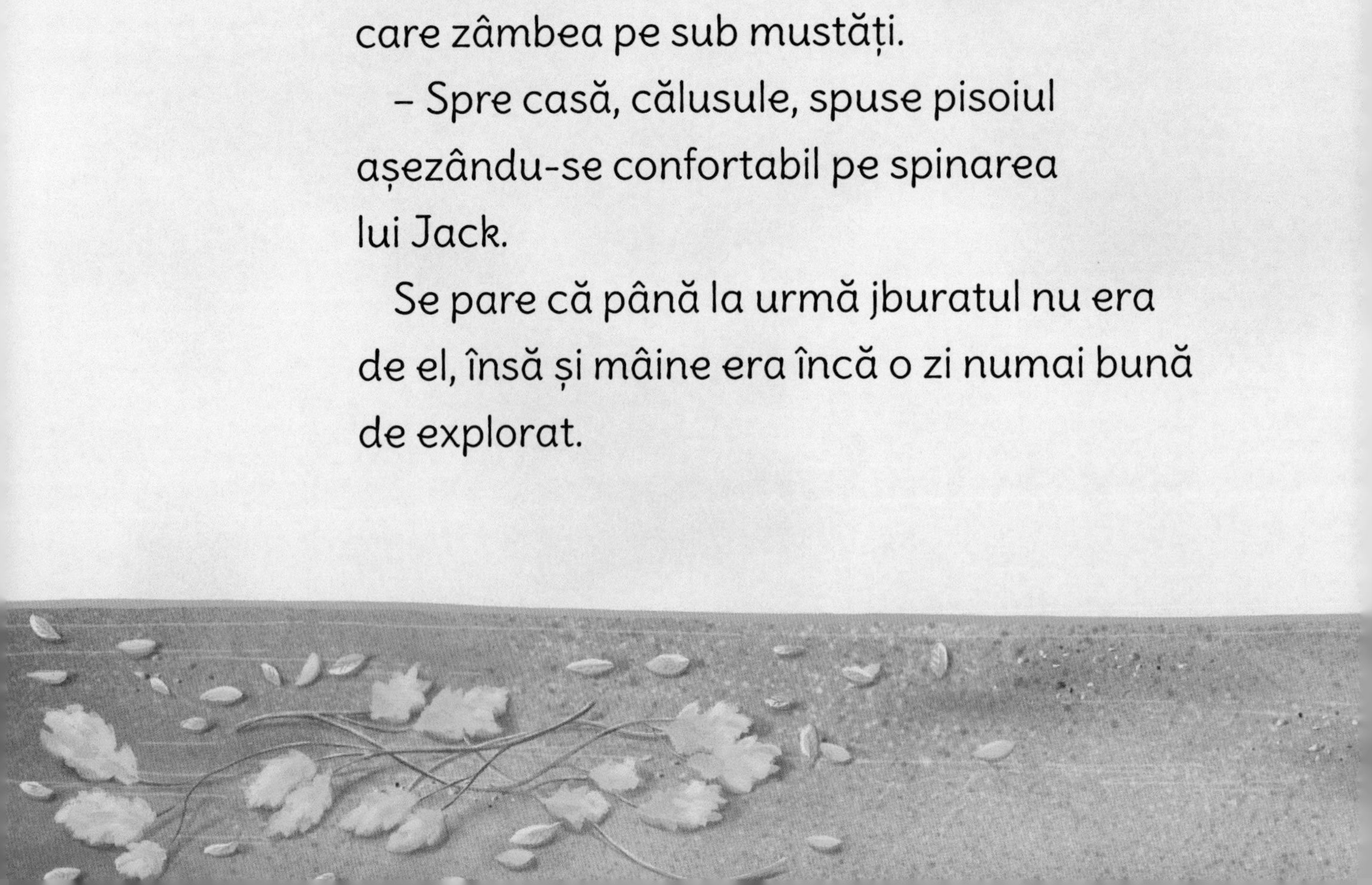

În seria *Jup, un pisoi de soi,*
va urma cartea:

Orice pentru budincă

Printed in Great Britain
by Amazon